KB096368

생활이라는 생각

생활이라는 생각

이 현 승 시 집

창비

차 례

제2부 ___

제1부

저글링

내 손은 두개뿐인데
잡아야 할 손은 여러개다.
애써 친절을 베풀면서
쉬운 사람은 아니라고 강조하는 사람처럼
내가 잡아야 할 손들은 뚱한 표정을 하고 있다.

너무 빨리 돌아가는 회전문 안에서
우리의 스텝은 배배 꼬이고 뒤엉킨다.
회전과 와류를 빠져나가지 못해
우리는 빨래처럼 잔뜩 뒤엉키며 물이 빠진다.
아무나 막 목을 조르고 싶다.

남을 웃길 수 있는 능력을
남에게 웃음거리가 됐다로 번역하면서
우리는 자존심이 상한다.
슬픔을 팔고 있다는 수치의 감정이
우리를 화나게 한다.

손안에 쥐고 있는 얼음처럼
차가움에서 시작해 뜨거움으로 가는 악수.
내 손은 두개뿐이지만
여러개의 손을 잡고 있다.

봉급생활자

우리는 나가고 싶다고 느끼면서
갇혀 있다는 사실을 깨닫고
나갈 수 있다는 희망을 포기하면서 더 간절해진다.
간절해서 우리는 졸피뎀과 소주를 섞고

절박한 삶은 늘 각성과 졸음이 동시에 육박해온다.
우리가 떠나지 않는 이유는 여기가 이미 바깥이기 때문
이다.
기다리는 일이 일상이 되어버린 삶이 바로 망명 상태이다.
얼음으로 된 공기를 숨 쉬는 것 같다.

폐소공포증과 광장공포증은 반대가 아니며
명백한 사실 앞에서 우리는 되묻는 습관이 있다.
그것이 바로 다음 절차이기 때문이다.
저것은 구름이고 물방울들의 스크럼이고 눈물들의 결합
의지이고
피와 오줌이 정수된 형태이며 망명의 은유이다.

그러므로 왜 언제나 질문을 바꾸는 것에서 시작해야 하는가?

어제 꿈에 당신은 죽어 있었어요.

나는 당신이 살아 있는 시점에서 정확하게 그것을 보았어요.

지금 당신은 죽어 있지만요.

구름의 그림자가 도시를 뒤덮었다.

파업이 장기화될 것 같았다.

허수아비 디자이너

내가 하는 일이란
허수아비 디자이너 같은 일이다.
참새들에게 깜짝 놀랄 아침을 선물하기 위하여
밤의 공책을 메꾸지만 그건 사실 세상 밖의 일이고
무엇보다 참새들에게 허수아비는 비호감이다.

선택에 대한 포기의 비용을 기회비용이라고 하고
그것은 장사꾼에게 이문이 남지 않는 일을 하느니
돈놀이를 하는 편이 낫다는 뜻이지만

철수가 미자 대신 순자를 사랑해서
순자를 선택하고 미자를 포기해서 얻는
이익이란 이익의 관점일 뿐이다.
삶이란 언제나 선택의 편에서 포기를 합리화하는 일이
므로
계산 자체에도 막대한 비용이 든다.

미자에게 맞은 딱지는 언제라도 뼈아플 뿐이고

순자가 미자보다 예쁘다는 말처럼 멍청한 말은 없다.
그러므로 허수아비 디자이너의 급여가
얼마인지를 묻는 당신의 신념과는 다르게
나는 어쩐지 오늘 참새들의 표정이 마음에 걸린다.

참새들은 내게 맡겨라.
참새들이 허수아비를 보고 놀라기는커녕
공들인 옷에 똥칠이나 한다고 비웃지 마라.
허수아비 어깨와 팔에서 쉬도록 하여
참새들을 편안함으로 가두는 것도 넓게 보면 큰 이문이다.
참새야 너무 무서워는 말고 조금 무섭게
너무 친하지는 말고 조금 멀리,
그렇게 같이 살자.

보온보냉

보온병의 원리는 간단하다. 빛과 열이 전달되지 않도록 차단하는 것. 내용물을 진공으로 둘러 접점을 최소화하는 것이다. 그런데, 나는 왜 보온병만 보면 왕따 생각이 나는 걸까? 속은 화끈거리는데 그걸 나눌 누군가가 없다면 틀림없이 따돌림을 받는 거다. 내가 학교 다닐 땐 병을 깨서 자기 팔뚝을 긋는 애들은 못된 놈들도 안 건드렸다. 말하자면, 이상한 놈이 못된 놈들보다 쎘다. 당연한 말이지만 이상하다는 것은 순수하다는 것과 통하고 종종 순수한 애들은 이상한 애들과 친했다. 그건 보온병 속의 내용물이 그 열을 그대로 보존할 수 없다는 뜻이기도 하고, 완벽한 차단이란 불가능하다는 뜻이기도 하다. 바깥은 끓어오르는데 혼자 냉정하기란 쉬운 일이 아닐 것이다. 하긴 안겨 있는데 하나도 안 따뜻해지는 것도 이상하지. 보온병 말이다.

오줌의 색

아픈 사람을 빨리 알아보는 건 아픈 사람,
호되게 아파본 사람이다.
한 사나흘 누웠다가 일어나니
세상의 반은 아픈 사람,
안 아픈 사람이 없다.

정작 아픈 사람은 한 손으로 링거 들고
다른 손으로는 바지춤을 잡고
절뚝절뚝 화장실로 발을 끄는데
화장실 앞 복도엔 다녀온 건지 기다리는 건지
그 사람도 눈꺼풀이 무겁다.

방금 누고 온 오줌과 색이 똑같은
샛노란 링거액들은 대롱대롱 흔들리고
통증과 피로의 색이 저렇듯 누렇겠지 싶은데
몽롱한 눈으로 링거병을 보고 있자니
위로받아야 할 사람이 위로도 잘한다는 생각.
링거병이 따뜻하게도 보이는 것 같다.

호모 텔레비우스

요즘은 눈만 피곤하다.
자고 일어나도 충혈된 채 뜨겁다.

버스든 전철이든 어디든
우리는 무언가를 읽는다.
활력증강, 피로회복제 광고를 샅샅이 본다.

어디에나 텔레비전이 있다.
엘리베이터나 정류장에도,
심지어 손바닥 안에도 있다.

눈을 떼지 못한다.
우리는 눈만 피곤하다.

피곤해서 몸이 녹고
붙어 있는 팔다리가 종종
환지통처럼 점멸해도
허리는 굽고, 목은 앞으로 쏠린 채

우리는 눈만 피곤하다.
눈만 까맣게 남은
새우젓 속의 새우눈처럼

자기공명조영술

우리는 사라진다.
복권을 사러 가면서 짐짓 당첨금의 용처를 고민하고
입사원서를 내면서 첫 월급으로 살 것들을 생각하면서.

우리는 종종 바로 다음의 순간에 가서
지금 여기를 바라보곤 한다.
잘못을 저지르기도 전에 미리 벌을 받는 식으로.

우리의 현재는 대개 채무와 관계되고
머물렀던 자리에는 반드시 요금계산서가 따라붙는다.
거대한 바람에 날아갈 뻔했던 이웃을 붙잡은 건
뻔한 미납금 고지서였다.

결과의 자리에 가서 보면 모든 것이 너무나 분명하다.
올챙이는 개구리가, 애벌레는 나비가,
씨앗은 나무가 될 수밖에 없었던 것이다.
우리는 의심범이 아니라 확신범이 되고 싶다.

우리는 갑자기 발생한다.
뭐였더라 뭐였더라
잘 기억나지 않는 단어처럼 희박하다가
강물로 섞여드는 빗물처럼 희미하다가

계기판을 바라보듯 얼굴을 찬찬히 살핀 후
담당의가 미간을 좁히며 숨 들이마시세요 청진할 때
두개의 허파가 조영되는 식으로.

어두컴컴한 화면 속에서 숨을 잔뜩 들이마신 허파가
나비 표본처럼 고정되어 있다.
나무 같기도 하고 희미한 잎맥 같기도 한 바탕에.

평균적인 삶
증강현실

김 부장은 사직을 제안받았다.
일이 줄어들면서 퇴직을 예감했었지만
예측보다 현실이 빠르다고 느낄 때야말로 떠날 때다.

구차한 말을 삼가는 것은
떠나는 사람의 고매한 자존심이다.
회사를 잘 부탁드립니다,
간결하게 걱정을 되돌렸지만

김 부장은 생각한다.
아무것도 하지 말아달라는 부탁은 부탁인가 아닌가.
아무것도 하지 않는 것은 하는 것인가 아닌가.

부탁은 김 부장에게도 있었다.
조용히 나가고 싶습니다.
아무것도 하지 마세요.

줄 것을 주고 받을 것을 받는 것

처음부터 이것은 거래였다.

순순히 자리를 물리고 빠져나와 회사를 건너다본다.
남의 사람이 된 애인의 고친 화장처럼
짠하고 착잡하기만 하다.

세상은 봄날이고 꽃은 시절을 다투고
날리는 바람의 끝을 짐작할 수는 없으나
거래는 끝났는데 자꾸 뒤돌아보는 사람처럼
삶이란 원래부터 누군가에게 증강현실이었던 것이다.

빗방울의 입장에서 생각하기

밤의 도시를 바라볼 때처럼 명확해질 때는 없다.
어두운 천지에 저마다 연등을 달아놓듯
빛나는 자리마다 욕정이, 질투가, 허기가 있다.
이것보다 명확한 것이 있는가.

십자가가 저렇게 많은데,
우리에게 없는 것은 기도가 아닌가.
입술을 적시는 메마름과
통점에서 아프게 피어나는 탄식들.
일테면 심연에 가라앉아 느끼는 목마름.

구할 수 없는 것만을 기도하듯
간절함의 세목 또한 매번 불가능의 물목이다.
오늘은 내가 울고
내일은 네가 웃을 테지만

　내일은 내가 웃고 네가 기도하더라도 달라지는 것은 없
겠지만

울다 잠든 아이가 웃으며 잠꼬대를 할 때,
배 속은 텅 빈 냉장고 불빛처럼 허기지고
우리는 아플 때 더 분명하게 존재하는 경향이 있다.
아프게 구부러지는 기도처럼, 빛이 휜다.

이동

제자리란 하나의 강박이다.
　켜놓고 온 가스불을 떠올리는 사람의 동공처럼 컴컴하게
열린
　저 구덩이 어디쯤에서 돌아온 자리를, 또 떠나온 자리를
보는 것.

　불현듯 아내에게 필요한 사람은 아내였다는 생각.
　컴컴하게 풀린 구덩이 앞에서
　어디를 봐도 돌아보는 오르페우스의 아내여
　소금기둥이 된 아내여

　수십개의 고개를 돌아 열겹의 문을 따고
　결국 꺼진 가스불 앞에 선 사람은 무너진 사람.
　폐허에 도착한 사람이다. 폐허에 지져진 사람이다.

　눈밭 위로 솟구친 용천수에서 나는 유황 냄새처럼
　뚝 떨어진 자리에서 문득 탄내가 난다.
　용천수 위로 떨어지는 눈다발들의 표정이 갸웃하다.

우리는 계속 이동 중이다.

양말

구멍 난 양말을 신고 있네.
나는 또 잠수정 생각,
이대로 잠수한다면 아마도 물이 새겠지.
속절없이 채워져 가라앉겠지.

물이 새어 들어오는 쪽으로 골몰하며 걷다보면
지붕 위의 물들이 결국은 홈통으로 모여들듯
내 무거운 생각들은 죄다 양말 구멍으로 모이네.

조종 중인 배를 포기하는 선장이
밀려드는 물줄기를 안압으로 느끼면서
물줄기가 쏟아져 들어오는 구멍이 되는 것처럼

나는 구멍을 꼭 누르며 구멍이 되고
구멍 저쪽의 압력이 되고
바닷물의 무게가 되고

마침내 구멍은 터지고

나는 집에 돌아오네.
완벽하게 젖어서 돌아오네.

부끄러움을 찾아서 2

고향 친구 빙부상에서 제수씨에게 습관적으로
안녕하시냐고 물었던 나도 안된 인간이지만
이즈음의 삶이라는 것도 부황 자국 같다.
살겠다고 제 피를 뽑은 자리의 피멍처럼
죽을 힘으로 살고 사는 힘으로 죽는다는 생각.

생각이 있었지만 말하지 않았을 뿐인데
결국은 생각이 없어지는 방식으로,
꽃이 피고 바람이 불고 비가 왔다.
지지도 못하고 매달린 목련의 부황 자국 같은 얼굴.

물에 빠져 죽은 나비를 애도하며 이옥(李鈺)은 썼다.
산꽃은 아직 떨어지지 않았나니, 누구를 위하여 어지럽
게 붉은가?*
꽃놀이 갔다가 교통사고를 당한 일가족의 뉴스
흩날리는 꽃잎들 아래로 차와 함께 찌그러진 사람들 멀리
아직 꽃들은 울긋불긋하다.

한주에 세번 문상을 하고 나서

　죽음이 얼마나 가까운지 깨닫는 일은 공교롭고 새삼스럽다.

　죽음은 너무나 당연해서 생략 가능한 문장 같지만

　생략된 것을 더듬을 때마다 가슴이 눌린다.

* 山花兮未落, 爲誰兮紛紅. 李鈺「哀蝴蝶」,『絅錦小賦』.

씽크홀

퇴근길에 보는 어둠은 거대한 동굴 같다.
불행이 아가리를 벌리고 있다는 생각,
차도로 뛰어드는 아이처럼
단 한걸음이면 우리는 벌써 도착한다.

도로와 함께 내려앉은 차량의 탑승자도
별일 없이 이 구덩이를 통과할 생각이었을 것이다.
응 지금 거의 도착했어 어쩌면 휴대전화로
오분 뒤의 도착을 알리는 중이었을지도 모른다.
지갑을 놓고 와 되돌아가는 짜증스러운 오분 탓에
누군가는 덧없이 덫을 피해갔는지도.

여름의 하교길 오후에 우리는 저수지로 뛰어들곤 했지만
물주름이 사라지면 산과 하늘이 갈리던 그 자리가
통로가 될 거라고는 생각해보지 못했다. 어느날
저수지의 봉인을 풀자 갇혀 있던 아이 하나가 끌려나왔다.
들어갈 때와 다른 얼굴이었다.

있던 것이 사라진 자리가 구멍이다.

다시 단단해진 거울 위, 산을 소금쟁이가 지우며 지나가고

어린 네가 물이 들어간 귀를 털면서 뛰뛰던 고갯마루에

지금은 스핑크스라는 술집이 들어서 있다. 거기서

퇴근길에 그대로 가라앉아버린 사람들도 있고

이 골목을 소금쟁이처럼 지나간 사람도 있다.

하지만 어떤 경우든 삶이 있어야 한다.

이 수수께끼 같은 삶을 무슨 댓가를 지불하며 건너고 있

는 건지

가야 할 길은 멀고 남은 시간이 없다고 생각될 때의 목

마름,

퇴근길에 보는 어둠은 거대한 짐승의 아가리 같다.

내가 들어갈 그 아가리를 보다가 나는 잠시 구멍이다.

제2부

생활이라는 생각

꿈이 현실이 되려면 상상은 얼마나 아파야 하는가.
상상이 현실이 되려면 절망은 얼마나 깊어야 하는가.

참으로 이기지 못할 것은 생활이라는 생각이다.
그럭저럭 살아지고 그럭저럭 살아가면서
우리는 도피 중이고, 유배 중이고, 망명 중이다.
그럼에도 불구하고 더 뭘 해야 한다면

이런 질문,
한날한시에 한 친구가 결혼을 하고
다른 친구의 혈육이 돌아가셨다면,
나는 슬픔의 손을 먼저 잡고 나중
사과의 말로 축하를 전하는 입이 될 것이다.

회복실의 얇은 잠 사이로 들치는 통증처럼
그렇게 잠깐 현실이 보이고
거기서 기도까지 가려면 또
얼마나 깊이 절망해야 하는가.

고독이 수면유도제밖에 안되는 이 삶에서
정말 필요한 건 잠이겠지만
술도 안 마셨는데 해장국이 필요한 아침처럼 다들
그래서 버스에서 전철에서 방에서 의자에서 자고 있지만
참으로 모자란 것은 생활이다.

에고이스트

사람들이 좋아하는 것은 두가지.
어린 사람과 힘센 사람, 심지어
힘센 사람은 어린 사람을 좋아한다.

여기에 사랑의 비애가 있다.
돈 많고 늙은 남자가 어리고 예쁜 여자를 탐하는 것
어리고 예쁜 여자가 늙은 남자의 주머니를 탐하는 것

돈도 없고 어리지도 않은 옥상의 남자가 묻는다.
생이여! 이제 저는 어디로 가야 합니까?
그러자 메가폰에서 흘러나오는 소리.
거기 꼼짝 말고 있어요!

자신이 사랑받고 있다는 사실을 모르는 연인은 없다.
그리고 그건 우리가 불행감으로 자주 도망치는 이유이다.
하지만 얼마나 사랑받고 있는지를 아는 사람도 별로 없
으며
그것이 우리가 한심하게 인생 역전을 꿈꾸는 이유이다.

우리를 쓰러뜨린 것은 우리 자신이 아니었는가.
누구든 다 이해받을 수 없다는 것을 이해하자.

다만 우리는 조금씩 비껴 서 있고
부분적으로만 연루되어 있으며
시작하기엔 이미 늦었지만
아직 포기하기엔 이르다.

개그맨

전유성

웃는 건 니 마음이지만
웃기는 일, 우습게 보지 마라.
나 전유성이다.
내가 웬만하면 안 웃기는 건,
직업이니까 관리하는 거다.

직업적 고민

직업의 장점은 사람을 단순하게 만든다는 거,
세상에는 웃기는 사람과 웃기지 못하는 사람만이 있다.
그렇다면 나는 웃기고 싶다. 하지만
이겨야 하는 경기를 뛰고 있는 축구선수처럼
나는 점점 더 작아지고 공기는 희박해지네.
눈앞에 아무도 없다고 생각하라는
아, 이런 가정식백반 같은 충고들.
사람들이 웃고 있는 것을 보면
나는 내가 생각하는 것보다는 웃기지만
사람들의 웃음만큼은 안 웃기는 것 같다.

모르겠다 배꼽의 이동에 대해서는.

남는 장사

옛날에 스승님께서는 말씀하셨지
인간만이 웃는다고.
하지만 저 킬킬거림은 뭐지?
웃으면 혈색도 좋아지고 그러니 웃자!
아니! 그래도 타이밍은 좀 맞춰줘라. 성의 없기는!
지금은 석고처럼 근엄한 표정들이지만
나중엔 불타는 고구마처럼 웃고 있을걸.
제발 좀 꺼달라고 애원하면서 말이야.
사람들이 너무 악착같이 웃고 있으면 무섭더라.
이봐, 그만 웃지그래?
내 개그 끝났거든?

벌레의 기분

나쁜 기분은 벌레와 관계가 깊다.
으깨어지면서 이 사이로 스미는
초록의 즙을 상상하면서
비로소 벌레 씹는 기분이 된다.

바보 같은 질문들이 나를 괴롭게 한다.
이 일을 해야 하는가 아닌가
——항상 해야 한다
사는 데 가장 중요한 것은 무엇인가
——중요하지 않은 것은 없다
그럴 때면 나는 불친절해지고 싶다.

입속에서 벌레가 꿈틀거릴 때마다
퉤퉤 침이라도 뱉어내고 싶지만
정말 기분이 나빴던 것은 멍청한 질문 때문이다.
예의 없는 관심들이나 관심 없는 예의들
화장실에서 똥 냄새와 섞이는 방향제 향 같은.

새벽 네시의 잠을 깨워놓고
수화기 너머의 그 사내는 도대체 뭐가 '안되겠냐?'는 것
일까.

고치가 되다 만 누에처럼
이불을 둘둘 말고 누워서
나는 멍청한 질문이 되어
토실토실 살지고 깨지기 쉬운 질문이 되어

주석들

공포감과 궁금증
잠드는 것에 대한 아이들의 공포를 이해할 수 있어요.
망자들은 결국 잠든 모습으로 사람들을 맞으니까요.
그런데 아이들은 어떻게 죽음을 알게 되었을까요?
그걸 모르겠어요.

문득,
수건을 개키다 문득, 표봉주는 누구인가?
남편의 호주머니에서 나온 안마시술소 라이터처럼
경로를 그릴 수 없이 불시착한 사물들.
목동오거리에 불시착한 기억상실증의 남자처럼
기억의 길이보다 긴 생애를 물음들이 가득 채울 때,
표봉주 선생 회갑에는 누가 갔다 온 것일까?

가만히라는 이상한 말
나의 꿈은 쉰살이 되는 거, 늙어가는 거.
가만히 있어도 그렇게 되는 것 아닌가?
그러나 나는 최선을 다해 여기 머무를 뿐이다.

돌다리 사이로 헤엄치고 있는 저 송사리떼처럼.

호텔 캘리포니아

학교엔 와서 똥만 싸고 간다.
학교에 똥 싸러 왔다는 생각,
학교 과외 알바 하숙을 떠돌다가
다시 학교 화장실로 앉는 삶
학교가 너무 비싼 화장실이라는 생각.
학교를 떠나지 못할까봐 두렵다.

여행자

물가에 앉아서 다리쉼을 하였다.
구름이 무심히 강물에 제 얼굴을 비춰보고 있었다.
피가 몰린 다리를 주무르며 돌아본 얼굴은 무표정한 얼굴
구름처럼 눈코입이 지워져 있었는데
핏기 없는 얼굴로 하얗게 웃고 있었다.

주로 날고 가끔 걷는 새들도 비웃을 만큼 걸었는데,
나는 이미 아문센만큼 걸은 것 같고
이번엔 북극에서의 아문센보다 막막해 있다.
어쩌다가 나는 남극에 와서 헤매고 있는가?

풍경을 보고 있는 사람도 풍경이다.
관광책자 속의 항공사진 같은
절경을 보러 가서는 절경 속으로 들어간다.
절경에 가서 반대쪽을 본다.

헤어지는 사람이 실은 더 연애를 갈구하듯
죽으려는 사람이 가장 살고 싶은 사람이다.

그러므로 떠나온 사람들은 집 생각을 한다.
발바닥엔 남극대륙의 횡단거리를 붙이고
까만 제 눈깔을 핏기 없는 구름 얼굴에 붙여주면서.

심문

늙는다는 것.
때리는 것도 힘에 부치지만
사실 맷집도 달린다.

권고사직을 제안받고 그는
소진된 복서처럼 무엇이든 그러안고 싶었다.

피와 땀으로 이룬 모든 것을
세월은 거의 힘을 들이지 않고 빼앗아버린다.

내버리다시피 판 주식을 사서 대박 난 사람처럼
불행은 감당할 수 없는 바로 그 자리를 비집고
재앙은 불평등에 그 본성이 있다.

누군가 지금 그에게 가벼운 안부라도 묻는다면
바늘로 된 비를 맞듯 그는
땅에 붙들리게 될 것이다.

화산재를 잔뜩 뒤집어쓴 얼굴로.

덩어리

불 꺼진 골목길을 접어들다가 본다.
내걸린 정육들의 아름다운 살빛.

선홍의 피와 살과 기름들로 뒤섞인
아름다운 충동들이 붉게 빛나고 있다.
먹어서 이룩한 생존이 먹히기 위한 먹이가 되어
붉은빛으로 빛나고 있다.

처형을 기다리는 자의 눈빛으로 본다.
저기 분노와 절망과 포기와 공포와 열망과 미망과
격정과 순종과 저항과 욕정으로 뜨거워진 불꽃,
교수대 위 목 꺾인 사람이 지린 오줌 같은
어쩔 수 없는 육체.

나는 모닥불 앞에 앉은 사람처럼
여전히 더 큰 그림자를 뒤로 멘 채
붉은빛을 얼굴 가득 받고 서 있다.

저토록 환한 불빛을 받고 있는
냉동실 속의 정육들.
나는 따뜻하게 얼어붙어 있다.
흘러내리지 않기 위해서 매달린 고드름처럼.

부끄러움을 찾아서

문제는 비용이다.
무엇으로 여기를 건널 것인가.
무엇으로 여기를 건넬 것인가.

사람이 죽어 영영 돌아간 뒤에도
미망은 남아 옷을 사 태워 입히고
음식을 정성껏 지어 흠향시키고
저세상에서도 가용하라고 돈도 올린다.

알 수 없다. 저 세계에도
발끝이 꼼지락 시린 겨울이 있고
땡볕에 소금 농사를 짓는 여름이 있단 말인가.
신명에게도 새옷 입어보는 즐거움이 있고
부모와 부부와 자식의 덕이 미친단 말인가.

저세상 가면서 이 세상 다 내려놓고
인연들도 다 털어버리고
뼈도 녹고 살도 녹아 탈탈

혼백만 가지런히 넘어가는 것이 아니었는가.

아니라면 저 기억의 포맷 기능에도 일부 오류가 있어
뼈에 새긴 복수심이나
눈에 흙이 들이쳐도 감을 수 없었던 자식 걱정 같은 것이
더러 주인 없는 목소리가 되어 메아리로 돌아오기도 하
는가.

미망이 입에 달고 사는,
저승 가서 너의 아버지 볼 낯은
남은 자들에게 필요한 비용이다.
그렇지 않은가. 저 거래를 완성시키는 것.
에누리가 없다는 말은 무서운 말이다.

코뿔소

노안이 왔나보다.
일생 근시안으로 살아왔는데
가까운 것도 먼 것도 보이지 않는 건
다초점 렌즈가 답이라고 치고,
어린 딸들을 재우다 본 멍투성이의 다리는?
멍든 자리를 쓸어보려다 오리무중이다.

문제는 많은데 답이 하나인지
문제는 하난데 답이 많은 건지
모르겠다. 질문이 뭐였는지
답이 안 나오는 삶이다.

여전히 우리는 돌아올 만큼만 떠나고
떠나온 만큼만 굽어보지만
불행한 사람에게 물어보는 안부처럼
여전히 삶은 노골적으로 상스럽지만

형식은 궁리인데, 내용은 기도가 되는

피차 빤하고 짠하기만 하는 삶,
미친 여자가 꽃으로 자기를 꾸미는 것이
나에게는 어떤 암시처럼 보인다.

코뿔소는 시력이 나쁘다.

기념일들

오늘은 결혼기념일이고 모레는 아버지 제사다.
문득 나는 전생을 믿는 심리학자의 노트처럼 복잡해진다.

십일년 전에 나는 결혼했고
그때는 네 아이 같은 것은 상상도 못했다.
결혼이란 그러므로 상상도 할 수 없는 일들의 시작이다.
누군가의 기원이 된다는 것은 가슴 벅찬 일이지만
시작의 자리에 가서 보면 감쪽같아서
새삼 제 기원을 생각해보지 않을 수 없다.

아버지가 되어 아버지를 생각해보는 것은
아버지에게도, 아버지의 아버지에게도 있었을 것이다.
후회란 그만큼 흔해빠진 것이지만
그것은 내일의 일이니 미리 해보는 후회는 어리석다.

일년에 열두번 물 주는 선인장처럼
일년에 하나씩 더하는 나이를 죽음도 두고두고 먹는다.
그러므로 오늘은 케이크 위에 양초를 켜고

모레는 향을 피우기 위해 성냥이 필요하다.

아버지가 돌아가신 것은 육년 전이었다.
무언가를 준비하기에는 죽음이 이미 가까이 와 있었다.
너무 긴 칼을 가진 무사처럼 허둥대다가 당했다.
법이 그렇듯 묵묵히, 무표정하게, 그리고
간결하게 선고와 집행이 완결되었다.

따지고 보면 누가 원한을 산 것도 아닌데
어쩐지 복수심까지 들었지만
밥상을 마주하고 앉은 여섯번째 대면에는
눈물 없이도 마른 곡 없이도 슬픔이 고인다.
삶과 죽음이 이렇게 엄연하다.
아버지도, 아버지의 아버지도 그랬을 것이다.

제3부

일생일대의 상상

가령 이런 상상,
내가 버린 음식물 쓰레기가 돼지 사료가 되고
돼지들이 내 쓰레기 속의 유리 조각을 삼키는.

가령 이런 말,
나는 인생에는 관심이 없지만 돈은 좀 많았으면 좋겠다
같은.

선망이란 언제나 현실의 반대편을 가리키는 나침반이라서
욕망이란 가질 수 없는 것을 향해 자라나는 손가락이라서
밤마다 이가 자라는 쥐처럼
손끝이 가렵다.
가려워서 부끄럽다.

세상엔 죄 안 지은 자들이 더 많이 회개하고
그래서 가난한 사람들이 더 많이 기부하고
상처 많은 사람들이 남의 고통에 더 아파한다.

두개 남은 사과 조각을 향해 모여든
세개의 손처럼 생각이 많아진다.

누가 이 구불구불한 생에 주석을 달 수 있단 말인가

죽은 몸이 손톱을 밀어내는 힘으로 풀들이 자란다.

고통보다, 통증보다 분명한 고독이 있을까
짙푸르게 자라나는 풀숲을 볼 때마다
털이 자라나는 집중된 느낌, 두렵다.

헝클어진 머리카락 같은 밤의 풀숲으로 세차게 빗방울이
든다.
기도 같고 통곡 같고 절규 같은 빗소리를 듣고 있으면
풀숲 어디, 누가 누워서 살을 녹이고 있을 것 같다.

영혼의 쌍둥이처럼 주검의 얼굴 위에
가만히 얼굴을 포개어보는 것은 검은 빗방울.

나는 그대가 말하지 않은 것을 듣고
눈을 감고야 그대를 본다.

여름의 위대함이 곰팡이를 만들었다는 것을 기억하자.

살아 있는 몸이 짜낸 눈물이 지상으로 스미듯
우리는 소속과 가입을 통해서만 우리 자신을 이동시킨다.

뜨거운 사람들 2

반성도 지겹다.
형편없는 연기를 향해
박수갈채를 보내는 커튼콜의 관객처럼
무의미한 반성이 반성 자체를 지운다.

내가 가장 확실하게 아는 것은
확신할 수 있는 사실이 거의 없다는 것.

나는 돈벌레를 경멸하지만
순수나 양심을 이야기하는 사람에게
가만히 현실을 다그치는 눈빛을 존경한다.
돈보다 정직한 것은 없다는 말은 졸부들의 금언이지만
다음 기회가 없다는 가정으로부터
결과보다 중요한 동기는 없다는 맹목이 만들어진다.

적대야말로 얼마나 완고한 스승인가.
사람이 자기 자신보다 사랑한 사람도 없지만
자기 자신보다 미워하는 사람도 없다는 것.

우리가 갖지 못한 것에 대해 그토록 감정적이면서
정작 가장 선호하는 수사가 생략이라는 것은 얼마나 시
사적인가.

가령 술김에 불을 질렀던 방화범이야말로
가장 뜨거운 반성에 근접했다고 나는 생각한다.
천국에 그의 자리는 없었다. 그러자
그는 용납할 수 없는 분기를 느꼈다.
불은 지르지 않았다면 좋았을 것이다.
새삼스럽지만 화가 더 나는 쪽도 언제나 약자이며
화를 낸 후에 더 많은 후회가 남는 쪽도 약자이다.

웰컴 투 맥도날드

자고 나니 유명해졌다는 사람도 있지만
하루아침에 나는 맥도날드에 앉아 있다.
노구를 감싸줄 누더기를 가지런히 두 봉지에 담아
24시간 받아주는 무심한 친절을 찾아왔다.

중광 할머니와 지구방위대와 맥도날드 할머니*가 아니
라도
삶이란 누구에게나 순간이동인데
창밖으로 지나가는 흉포한 겨울바람의 걸음걸이를 지켜
보면서
불시착한 나의 삶이여,

쪼그라든 엉덩이를 스탠드의자 깊숙이 박아넣고 앉아
새벽 네시의 피로한 거리를 본다.
쫓아도 쫓아도 파리떼처럼 엉겨붙는 졸음들.
악업도 선업도 졸음 상태가 되면 뭉개지는 새벽의 얼굴들.
고개를 처박고 검은 액체의 표면에 가라앉아 흔들리는
얼굴을 본다.

맥도날드의 커피는 싸고 양이 많다.
환하게 불 밝힌 통유리 안쪽
졸다 깨다 졸다 깨다 내다본 유리창엔
알코올 실린더 속의 태아 표본처럼 쪼그라진 내가 있다.

*어느날 의탁할 곳 없이 홀로 되었으나 기관이나 타인의 도움을 거
절하고 떠도는 노인들.

천국의 아이들 2
이영광 형께

자기가 제일 아프다고 생각하는 사람들만 모인 곳이 지옥일 테지.
세상에 안 아픈 사람은 없고,
아픈 사람들도 가끔은 아프다는 사실을 까맣게 잊은 채
가르르 호호호 꽁지 빠진 새처럼 웃고 난리다.

점잖게 앉아서 염치를 만들어내는 이 능력자들이
아무도 안 아픈데 혼자 다 아픈 이 능력자들이
어젯밤에 다녀온 곳은 차마 상상조차 하고 싶지 않은 곳이라서
비록 마음 한 자리 불탄 비닐처럼 흉측하게 얽었어도
한세상 장난처럼 농담처럼 지나갈 수는 없는가.

세상엔 상처 잘 만들어서 상 받는 사람도 있고
덕분에 이렇게 술추렴하면서 울혈을 푸는 사람도 있다.
상처는 상처로만 열린다.
잔뜩 풀어 헤쳐논 이 상처들은 다 뭔가.
요즘은 아무도 시를 읽으면서 울지 않고 격앙되지도 않

는데

　아무도 안 보는 시를 명을 줄여가면서 쓰고,

　조금 웃고, 조금 끄덕이고, 들렸다 가라앉았다 하면서

　뚫어지게 보고 있는 사람은 역시 쓰는 사람이다.

　여기 통증은 조금 안다는 사람들은 다 모였는데

　봉인된 저 상자는 누가 무엇으로 열었는가.

　하긴 아픈 사람만 봐도 같이 아픈 곳이 천국일 테지.

다단계

실패란 얼마나 안온한 집인가.
결과의 자리에서 보면 모든 일이 자명하다.
'임자 나 왔어'는 전과 14범이 한 말이었다.
교도소로 되돌아오지 않기 위해 필사적으로 도망쳤지만

죄짓지 않고 사는 것은 가능한가.
도망치는 삶은 가만히 있어도 목이 마르다.
개과천선과 종신회개로 거듭났지만

그러나 올 것은 오고야 만다.
다시는 돌아오지 않겠다고 침 뱉고 떠난 자들은
실직과 파산 사이를 쫓기다
뒷덜미를 붙들린 채 고향으로 돌아와
하나같이 자동차나 보험 상품을 팔았다.
둘을 같이 팔기도 했다.

그러므로 물 한잔을 건네는 것은
목말라본 사람들의 덕성이며

삶이란 서로 권하고 축이고
또 이렇게 밥 한끼 얻어먹고 다음을 기약하는 일이지만

떠안기는 것이 천국이든 안전이든 자동차든
무엇을 팔든 실패는 하나의 기술이다.
실패한 사람의 손도 뿌리친다면
하느님은 누구의 손을 붙잡겠는가.

벼룩시장

남들 다 내린 버스에 혼자 남은 기분으로 뉴스를 본다.
분당 절차에 접어든 정당의 지도인사들은
가정법원에 이혼 서류 내러 간 부부처럼 어색한 표정이다.
이제는 이혼 부부의 외동 자녀가 된 기분으로 뉴스를 보
면서
그나마 이혼율 급증과 출산율 저하는 어울리는 조합이라
는 생각.

때때로 결혼과 이혼이 같이 늘어나는 걸 보면
추첨제가 가장 민주적인 것은 역설이 아니다.
나는 이혼도 사랑도 찬성이지만,
사는 사람들은 그냥 사는데
이혼한 사람들에게 사랑이 더 절실한 것 같고

승차는 했으니 하차만 남은 사람처럼
앉아서 흔들리는 것은 미이혼남이고,
미이혼계의 거장까진 아니더라도 그는 여전히 한 집의
가장이고…

배 나오고 불쾌하고 젊은 여자 눈요기하면 만점인데

공교롭게도 아홉시에 멎어 있는 시계 때문에 켜보게 된
아홉시 뉴스.

이혼율 급증 뉴스 때문일까? 어쩐지 요즘 건전지 수명이
줄어든 것 같다.

철 지난 옷을 입고 씩씩하게 모여든 동창생들처럼

유행으로 말하자면 앞서거나 뒤처지거나 촌스럽긴 일반
이라는 생각.

칸나는 붉다

바깥은 연일 맹위를 휘두르는 폭염인데
버석거리며 갈증 나는 열이 번갈아 올라온다.
두통, 오한, 발열, 재채기, 기침, 목 통증, 콧물과 눈물을
일으키며
일제히 휘몰아치는 화염이 온몸을 휘젓는다.
질병을 생각할 때 느낄 수 있는 강렬한 에로스,

창문에 매미 한마리가 맵게 울다 울다 간다.
18세기의 계몽주의는 부르주아 통일의 이론적 시멘트
였다.*
한때, 그리고 여전히 정치적 콘크리트를 꿈꾸는 자들,
기꺼이 한 몸 시멘트가 되고자 했던 자들의 음성처럼 목
쉰 소리.

당신을 위한, 당신에 의한, 바로 당신의 것이었던 모든 열
정들은
그러니까 당신하고는 말이 안 통해를 통과하면서
급격하게 냉각된다.

마치 적대와 분노가 얼굴을 굳게 하듯
사후경직 같은 감정의 시멘트.

나는 굳어 생각한다.
무슨 뜨거운 것을 삼킨 것인가. 무엇과 뒤섞이고 있었는가.
세상이 이렇게 더운데 오들오들 떠는 사람이 있듯
우리의 적대가 우리의 열정의 다른 근원이다.
약국 가서 몸살감기약 사 먹고 오면서 보았던 근처 화단
의 칸나
그러니까 칸나는 한없이 붉게 피어
그 붉음은 마치 모든 색을 빨아들일 듯이 검다.

* 알뛰세르 「철학의 전화 : 그라나다 강연」.

고통의 역사

악을 쓰고 역기를 들어 올리는 사람의 얼굴로
꽃은 핀다. 실핏줄이 낱낱이 터진 얼굴로 아내는
산모 휴게실에 혼자 차갑게 식어 누워 있었다.

죽자고 벌인 사투의 끝은 죽음 같았다.
있는 힘을 다 뽑아낸 몸은 죽은 거나 다름없었다.
뼈마디까지 낱낱이 헤쳐진 몸으로 까맣게 가라앉았다.

백일홍 백일 동안 핀다고 누가 그랬나.
백일홍은 백일 동안 지는 꽃이다.
꽃은 떨어져내려 천천히 색이 시들고
그 곁에서 매미가 악을 쓰고 우는
백일은 얼마나 긴가.
어혈이 빠지기도 전에 다시 어혈을 입는
백일은 얼마나 더딘가.

먼바다는 아이들이 가라앉아 아직 시퍼렇고
사람 죽는 소리에 질린 하늘 아래

백일 동안 멍든 얼굴로 누운 그늘을 보면서
생각한다. 용서가 먼저인지 망각이 먼저인지.
견디는 것 외에 할 수 있는 것이 없는
견딤에 대해.

사람들이 곡기를 끊고 시나브로 제 생을 말리는
이곳은 어디인가.
죽은 사람이 떠나지 못하는 세상은 구천 같다.
세월은 더 흘릴 눈물도 없는 사람들을 울려서 눈물을 짜
낸다.
사람이, 역기를 들어 올리는 사람의 얼굴로 간신히.

무임승차

순간을 산다는 말

어떤 삶이 늘 떠나기 직전의 상태일까 궁금하다면

여기 도회의 인간들 나무들 길바닥 위의 것들을 보라.

우리는 언제라도 직전이고 직후이며 매순간인데

우리에게는 미래가 없고 영원이 없고 낙관이 없으며 추

억이 없다.

조선시대에는 거지도 집이 있었다는 말,

쪽방촌 같은 말.

아메바적인 너무나 아메바적인

소멸하고 싶지 않아서 우리는 증식한다.

존재하기 위해서 존재하며

싸우기 위해서 싸운다.

더 빨리 더 많이 증식하기 위해서 우리는 단순해진다.

더 오래 더 멀리까지 도달하기 위해서

더 단순하게 구조화되는 것이 진화의 내용이다.

그것이 우리의 이번 생이고 우리의 다음번 생이다.

그리고 살아남는다는 것.

오늘밤 어쩐지 자신의 본성을 찾아
주인을 물었던 개들이 그립다.

무임승차
한때 우리가 아무것도 하지 않았으면서도
모든 것을 이룰 수 있었던 것처럼
최선을 다했지만 아무것도 변하지 않았다고 말해선 안
된다.
왜 졌는가가 아니라 무엇에 승복해야 하는가를 생각해야
한다.
의심해야 할 것은 미래가 아니다.
의심스러운 것은 기억이다.
우리는 어떻게 여기에 올 수 있었던 것일까.
죽음 위에 내려진 사형선고처럼
우리는 막 생겨나려 한다.

사라진 얼굴들

우유 팩에 새겨진 아이들의 사진은
아무리 들여다봐도 구체성이 없다.

아이들은 그냥 사라지지 않았을 것이다.
불행은 보살피던 자의 주의를 빼앗고 발을 묶은 뒤
결정적으로 아이를 가로채며 스스로를 완성했을 것이다.
변변한 사진 한장 없다는 사실이 미아들을 웅변한다.

나는 전단지 속의 사진을 바라본다.
풍선을 손에 쥐고 환하게 웃고 있는 아이는 지금 서른살
이다.
아이는 손아귀를 떠난 풍선이 하늘로 올라가는 것을 본다.

목 졸린 얼굴을 천장에 처박고 있는 풍선의 끈처럼
갑자기 발밑이 사라지는 기분.
아무리 버둥거려도 발이 땅에 닿지 않는다.
공기가 희박해진다.

풍선은 하늘을 향해 유유히 올라가고
무언가를 결정적으로 놓친 자들은
물고기에게 눈을 파먹힌 얼굴로 남겨진다.

무언가를 잃어버린 지점으로.
다시는 되찾을 수 없는 일곱살로.

도그마

속박을 벗는 것이 해방인지
해방을 벗는 것이 해방인지 모르겠다.

고통조차 잠깐 잊게 하는 고통,
그런 것도 해방이라면 해방이겠지만
고작해야 손끝의 가시 같은 아픔을 잊기 위해
망치로 손가락을 내리쳐야 한다면
너무 비싼 삶을 살고 있다는 생각.

사람이 죽었는데도 죽지 못하고
살아 있지만 산 것도 아닌 세월에는 어떤 이름이 필요한가.
충격과 분노, 비참과 울화를 위해서 살고 있는 것이라면
너무 비싼 삶이 아니라 가치 없는 삶이 아닐까.

그러므로 기억도 망각이다.
할부금을 갚느라 원금을 잠시 잊는 조삼모사,
정치적 무능과 부패를 덮는 대형 참사처럼
하나를 보느라 다른 하나를 보지 못하는 것이 맹목이지만

우리가 보지 못하는 것은 다른 하나가 아니다.

기억해야 할 억울이 너무 많은 삶에서
망각이 가장 흔하다는 것은 웃을 수도 없는 일이지만
죽음조차 놀랍지 않은 세상에서 무가치해진 것은 충격이
아니다.

자연이 실수를 한다면
우리는 실수조차도 자연의 일부라고 생각한다.
그렇다면 실수하는 것은 여전히 자연이 아니다.

인정도 사정도 없이

누가 나를 좀 때려주었으면 좋겠다.
누가 여기서 좀 꺼내주었으면 싶다.

아무리 재난이 이웃사촌 회갑처럼 잦은 조국이지만
나 치매 걸리면 조용히 죽여달라고 부탁하는 배우자처럼
죄송의 말이 재앙보다 더 잔인하게 들린다.

끔찍한 악몽을 꾸는 사람이
꿈이라는 사실을 알면서도
빨래처럼 쥐가 나고 몸이 꼬이듯
맞은 뺨을 어루만지면서 우리가 깨어날 때
결국 불안을 일깨우는 것도 안도이다.

왜 나빴던 기억은 영원한 걸까.
우리는 언제라도 극복 가능하지만
거기서 영원히 나갈 수는 없다.
터널과 터널 사이 구간의 운전자처럼
백일에 눈이 아프다.

겉은 젖고 속은 타들어가는 이곳에서
지금 살아 있다는 것보다 끔찍한 재앙은 없다.
차라리 누가 나를 좀 때려주었으면 좋겠다.
누가 용서라는 말을 없애버리면 좋겠다.

고도를 기다리며

도망갈 곳이 없다

우리는 변화를 갈망했지만

결국 갈망 자체에 안주해버린 것이다.

같은 실수를 반복하지 않는 것도 진화라고 생각했다.

그러나 천년 전 사람에게서 같은 절망의 내용을 보았을 때의

비참. 천년째의 갈증을 입에 녹인다.

전생이 있다면 왜 나는 기도의 순간에만 태어나는 걸까.

맞아. 그때도 우리는 이민이나 망명이라는 말을 들었던 것 같다.

하지만 고통을 말할 때 빠뜨리지 말아야 할 것은

그것을 즐기는 마음이다.

그렇지 않은가 포조? 블라디미르?

우리에겐 낙관 자체가 곧 절망이다.

여기를 벗어날 수 없다고 느껴왔지만

새삼스럽게도 언제나 출발점에 있는 것이다.

무소속

더 나은 시급과 연봉으로 건너가고자 했지만

결국 떠돌이였을 뿐.

우리는 소속이 없다는 뜻에서만

여전히 자유인이며

불안은 우리의 항상심이 되었다.

유연하게 갈아타기하고 싶었지만

믿음이 없는 신앙인처럼

우리는 여기에도 없고 그 어디에도 없으며

구원도 없고 심지어 절망도 없다.

러시앤캐시

우리는 대부 씨스템으로 살았다.

끌어 쓸 돈이 얼마간 있다는 건

아직 끝난 것이 아니며

미래란 거기 잠시 있었다. UFO처럼

대부분 믿지 않지만 마치 잠깐 놀라기 위해서만 있다 사
라지는 것이었다.

그건 또 팔아치울 무언가가 남아 있다는 뜻이지만
순결을 경매하는 여대생처럼
낙관이란 대개 미학적 미숙함과 추상성에서 기인한다.
두려움도 그렇다. 신체포기각서라는 말처럼
그것은 물질적이다. 새삼스럽지도 않게.
극빈의 번데기를 열고 나온 것은 극악이었다.

제4부

갑자기 시작된 눈

맹렬하게 가속도를 더하던 빗줄기들은
빙점을 통과하면서 가벼이 흩날리기 시작했다.
드문드문 생각난 문장처럼 눈발은 성기고
검은 저녁의 재가 석양을 뒤덮자
순식간에 북적이는 거리가 만들어졌다.

집으로 향하던 발걸음들이 갑작스러운 눈발에
하나같이 낭패감으로 허둥대는 길에서
나는 큰아이가 다니는 병원의 소아과 선생을 지나쳤다.
호주머니에 돌멩이를 잔뜩 넣은 버지니아 울프처럼
그녀는 잔뜩 앞으로 쏠린 채 걸어가고 있었다.

얼마 전 나는 그녀에게 다급하게 매달리고 있었고
그녀는 발을 구르는 나를 차갑게 다독여주었다.

다급하고 성마른 사람들이 하루 종일 붙들었을 그녀를
무심한 저녁 바람이 한번 더 흔들고 갔다. 그때마다
검게 죽어가던 불씨가 바람에 잠시 빨간 눈빛을 일으키듯

머리카락 사이로 지폐처럼 피로한 낯빛이 얼비쳤다.

우리는 좁은 인도를 황급히 지나쳤다.
한줄기 불빛이 시력을 빼앗아버렸던 것이다.
그리고 잠시 시력을 회복하는 동안 나는
망자의 뜬 눈처럼 열린 채 닫힌 눈으로
잿빛으로 지워져가는 하늘을 바라보았다.

먼지는 외롭다

밤 비행기를 타고 와서인지 그는
내내 우주에 대한 생각에 골몰해 있었다.
젊은 시절 그는 우주에 관한 책을 읽고 영감을 얻었다.
호헌철폐, 독재타도가 최루탄, 화염병과 나뒹굴던 시절
이었다.
의식하는 순간 또렷하게 들려오는 초침 소리처럼
어둠 저 멀리서 별들이 멈췄던 주기운동을 시작하는 것
같았다.

우주에 관해 내가 무얼 알겠는가?
나는 그가 외로운 사람이라고 생각했는데
그러자 나도 외롭다는 느낌이 들었다.
사실 계속 걸어서 우리는 배가 조금 고팠다.
우주를 생각하자 참을 수 없이 배가 고팠다.
우주에서는 먼지만 한 태양계의 행성의,
먼지보다 작은 인간의 배고픔이 날카롭게 반짝였다.

하루 각자의 시간을 보내고 다시 만나기로 한 날

나는 약속 시간에 늦게 되었다. 어쩌면
모든 것이 정해진 궤도 위를 움직이는 우주에서
기다림에 등 떠밀려 그가 다시 우주로 향하는 사이
나는 약속 시간에 늦기 위해 헐레벌떡 뛰어오고 있었던
것이다.

그를 우주로 떠밀게 된 것은 사과하고 싶다.
이 우주 안에서는 이유가 없는 일이란 없으니까.
사람이 사람을 죽여도
지구가 태양을 한바퀴 다 돌아도
돌아오지 않는 누군가를 기다려도
거기엔 다 이유가 있다.

그런데 그는 왜 이토록 우주에 골몰하는 것일까?
그가 죽음의 우주적인 차원을 말할 때 떠오른 생각이다.

롤러코스터

우리의 싸움에 승자가 없는 것은
우리가 이기기 위해 싸우지 않았기 때문이다.
벼랑을 나눠 쓰는 이혼 법정의 부부처럼
지지 않기 위해 싸웠지만 결국 패배했던 것이다.

매달린다는 말을 파생시킨 것은 추락일까 파경일까
내내 바닥까지 내려가면서, 마침내
더 내려갈 수 없는 바닥을 지려디디며
우리는 이 추락의 처음을 생각할 것이다.

추락을 댓가로 얻어낸 시선으로 올려다볼 것이다.
허공을 향하여 다시 착착 올라가는 롤러코스터,
거기서 아직 비명을 지르고 있는 사람들,
위험과 안도 사이에서 여전히 모험 중인 사람들,
떨어질 높이를 안은 채 두렵고 즐거운 사람들을.

그러므로 터진 자리는 기워진 자리였던 것
끝에 와서 보면 무연하게 보이는 처음의 자리.

미망으로만 붙들 수 있는 사물이 있다.
우리의 시작, 우리를 이어 붙인
처음 바늘이 가장 아프다.

맛의 근원 2

새우들이 헤엄치는 어항 표면의 침 자국,
달팽이 지나간 듯 어룽어룽한
혀의 지문들을 불 켜진 어항에서 본다.

어항 그것은 무슨 맛인가.
어항 속 빨간 새우와 물풀들의 초록은?
금지의 맛과 호기심의 맛은 비슷한가, 어떤가?

놀겠다고 떼쓰는 아이를 억지로 재워놓고
진력나서 바라보는 어항의 침 자국처럼
짠하고 슬프고 배고픈 맹목의 맛.

기저귀를 떼고 변을 가리고
어느덧 스스로 밥을 먹게 되었지만
아이는 자꾸만 뭔가를 맛본다.
질색하면서 떼어놓아도
냄새 맡고 맛보고 만져보는 차디찬 질감들.

깊이 잠든 식구들의 날숨이 바닥으로 깔리는 새벽
반쯤 깨고 반쯤은 여전히 자는 몸으로
멍하니 어항을 본다.

물속처럼 고요한데
울다 잠든 아이가 헤헤거리며 잠꼬대를 한다.
떼어놓을 무엇도 없이 쩝쩝 입을 다신다.
이불 바깥으로 집 없는 달팽이처럼

투항

그는 만세 자세로 서 있다.
무기를 머리 위로 올리고 강을 건너는 병정처럼.
열자루의 칼집 없는 칼이라도 든 양
자신을 향해 뛰어오는 아이들 앞에서
두 손을 번쩍 들고 서 있다.

그가 두려워하는 것은 손잡이들이 아니고
악수나 기침, 재채기가 아니지만
접촉면을 등과 배에서 양어깨로 비틀며
식은땀을 흘리면서 얼어붙는다.

그는 조심성이 너무 많은 나머지
대부분의 순간들을 깨지기 직전으로 감각한다.
그의 얼굴은 모든 주의를 미간으로 붙든 채
코를 중심으로 금 가는 중이다.
호흡은 간신히 코끝에 매달려 있다.

부주의를 질타당한 표정으로

그는 표지판 옆에서 표지판처럼 서 있다.
깨지기 쉬운 물건을 든 사람처럼,
급기야는 깨지기 쉬운 물건을 깬 사람처럼 굳는다.

막 ㅇ자 한개를 잃어버린 자의사,
ㄱ자를 잃어버린 철학난.
깨지기 쉬운 것들은 만세 자세로 서 있다.

미인

미인에게는 암호처럼 신비로운 두개의 눈이 있고
지그시 겸손을 가르치는 콧날이 있으며
개방적이지만 주로는 닫혀 있는 입술이 있다.

어떤 것도 직접 하지 않는 점에서
미인에게는 발이 없고 손이 없다.
미인에게는 백개의 눈물이 있다.
무심해서 언제나 해석이 필요하지만
비평은 소용없다.

그러므로 의심해야 할 것은 당신 자신의 손이다.
파리떼에게도 충심으로 가득 찬 손과 발이 있으니
보기에 좋다고 하여 함부로 만지려고 해서는 안된다.

미인은 어리고 여리며 약하고
심지어 아무것도 하지 않기에
너무나 많은 도움을 필요로 한다.
최소한 둘 이상의 충복이 필요하다.

누구에게든 한때가 있고
미인은 바로 거기에 있다.
그리고 고독해지기 전에 이미
미인은 혼자 있고 싶지 않다.

이것도 없으면 너무 가난하다는 말

가족이라는 게 뭔가.
젊은 시절 남편을 떠나보내고
하나 있는 아들은 감옥으로 보내고
할머니는 독방을 차고앉아서

한글 공부를 시작했다.
삼인 가족인 할머니네는 인생의 대부분을 따로 있고
게다가 모두 만학도에 독방 차지다.
하지만 깨칠 때까지 배우는 것이 삶이다.
아들과 남편에게 편지를 쓸 계획이다.

나이 육십에 그런 건 배워 뭐에 쓰려고 그러느냐고 묻자
꿈조차 없다면 너무 가난한 것 같다고
지그시 웃는다. 할머니의 그 말을
절망조차 없다면 삶이 너무 초라한 것 같다로 듣는다.

잠 깨우는 사람

아이들과 함께 잠들었는데
새벽에 방문을 여닫는 인기척에 깬다.
자면서 한사코 이불을 걷어차는 유구한 역사의 식구들.

죽은 사람의 눈을 감기듯
이불을 덮어주고 간 아내의 손끝이 한없이 부드러워
잠 깨어 다시 일어난다.

일어나 앉아 자는 아이를 보고 있자니
내 눈을 감기고 옷 입혀줄 큰아이가
옹알옹알 잠꼬대를 한다.
뭉텅뭉텅 잘린 말끝에 알았지 아빠? 한다.
잠꼬대를 하는 것도 나의 내력이라
내림병이라도 물려준 양 얼굴이 화끈거린다.

저 눈꺼풀 안의 눈빛이 사탕을 녹여 부은 듯 혼곤하리라.

뜨거운 사람들

심약한 사람들이 동정심에서 출발하고는
자기도 모르는 사이에 적의의 노예가 되는 것처럼
아이들은 떼로 몰려다니면서 개들을 죽이고
어른들이 학교 정문에 비틀거리면서 오줌을 누는 밤

밤사이의 악행들은 눈 위에 선연한 자국을 남기고
다시 내린 눈이 가만히 그걸 봉합했다.
밖에 나가보지도 않았으면서
그 사실을 눈치챈 자들은 늙은 사람들이었다.

잔뜩 달궈진 인두처럼 시뻘건 눈으로 봐도
세상은 차고 하얗게 보인다.
밤새 고열과 오한을 오가면서
졸아붙은 냄비 같은 눈으로 입술로
우리는 사막을 건너가는 중이다.

그런데 도대체 어떻게 눈 내리는 소리를 듣는 것일까.
눈도 보지 못하는 개들이 혼백은 본다고

밤에 개들이 짖는 것은 혼백이 다녀가기 때문이라고 들었다.

미라처럼 누워 그르친 일들을 생각하다보면

깃털처럼 가벼운 것들이 부딪는 소리가 들릴까.

그래서 작은 바람에도 살갗이 그렇게 아픈가보다.

통행료

오늘 한사람이 죽는다.
손이 닿지 않는 거리에서 넘어지는 유리병처럼
신은 어쩌지도 못할 거리에서
한사람의 마지막을 알려주어
비로소 이 살해를 완성한다.

운명과 내비게이션의 차이는 암시에 있다.
내가 예언자들을 싫어하는 것도 같은 이유 때문이다.
살해를 목격한 자의 손끝
살해를 상상한 자의 손끝에서 풀려나는
희미하고도 분명한 살해.

오늘 한사람을 죽였다. 그리고
우리는 자살을 고려 중인 사람처럼
갑자기 신중해져서 모든 것을 바라본다.
단 한사람의 죽음으로 세상은 바뀌었고
이 별은 더이상 사람이 살지 않는 별이 되었다.

매순간 너무도 빨리 고여드는 죄책감과

고독과 불안과 서러움과 울화와 분노와 자조는 그 때문
이다.

그러므로 당신은 마지막 숨이 끊어지는 순간에

죽음의 자세에 대해 생각할 수 있겠는가.

톨게이트를 잘못 들어선 자동차 한대

비상등을 캄캄하게 켠 채

헤드라이트 멀리 켜고 앞만 보고 서 있다.

앞으로 갈 수도 뒤로 갈 수도 없다.

블랙아웃

숨이 막힌다.
가지런히 잘려나간 잔디에서 풀 냄새가 난다.
씀바귀꽃이 개선 환영 인파처럼 늘어선 길을 걸으며
박수 받아야 할 사실을 기억해내지 못한 채
암담은 화창과 마주하고 있다.

꽃 한송이 못 보셨어요?
노랗게 핀, 예쁜 꽃이에요.
도둑이라는 말에 지갑으로 가는 손처럼
씀바귀 민들레 냉이꽃 들이 갑자기
제 꽃들을 감싸 안는군요.
저는 노랑을 잃었어요.
온통 노랑 꽃밭에서요.
하늘에서 빛이 쏟아지고 있군요.
아, 노랗고 눈부신 빛이.
해님, 우리 꽃 못 보셨어요?
어느 영토가 더 넓은지를 가늠하는 침략자처럼
당신은 줄곧 내려다보고 있었잖아요.

우리가 할 수 있는 일은 언제나
기억을 되돌리는 것뿐이지만
문제는 기억나지 않는다는 것이 아니라
경험되지 않았다는 것.
우리가 거기에 없었다는 것.

도둑이 다녀간 집은
자물쇠를 몇개씩 걸어도 결국 잠기지 않는다.
완전히 열려버린 눈동자처럼.
씀바귀 민들레 냉이꽃이 두리번거리는 곁으로
노랗게 눈부신 암담 속으로 어린 꽃 하나 걸어나갔다.

구름의 산책

아빠 구름은 어떻게 울어?
나는 구름처럼 우르릉, 우르릉 꽝! 얼굴을 붉히며,

오리는?
나는 오리처럼 꽥꽥, 냄새나고,

돼지는?
나는 돼지처럼 꿀꿀, 배가 고파.

젖소는?
나는 젖소처럼 음매, 가슴이 울렁거린다.

기러기는?
나는 기러기처럼 두 팔을 벌리고 기럭기럭,

그럼 돌멩이는?
갑자기
돌멩이를 삼킨 듯 울컥,해졌다.

소리 없이 울고 싶어졌다.

아빠, 구름은 우르르 꽝 울어요?

주름, 몸의 정치경제학

이찬

현상학적 시선과 공백으로서의 진실

지난 두권의 시집에서 우리 몸 밑바닥을 가로지르는 야생적 충동과 문명의 외피를 입은 인간적 세련성의 형식이 서로를 맞겨누면서 격돌하고 습합되는 날것의 장면들을 유려하면서도 완미한 균제의 이미지들로 소묘했던 이현승의 필법은 이번 시집 『생활이라는 생각』에서도 고스란히 살아 있다. 형형색색의 다양한 벡터들로 살아 꿈틀거리는 몸의 세계, 세계의 몸의 원초적 야생성과 그것을 규율하고 통어하는 문화적 예의 규범의 길항 관계를 그려내는 자리에서 그의 예술적 재능과 정념은 최고 순도의 광휘를 뿜어낸다. "콧수염에 묻은 우유를 닦아내면서/짐짓 경건하게 예절에 대해 말할 때/당신은 비로소 육식동물처럼 근엄합니다"(「식탁의 영혼」, 『아이스크림과 늑대』), "공중 화장실 변기 위에서 누군가의 온기를 느낄 때/엉덩이를 의식하면서 우리는 진심으로 혼자 있고 싶다./문화시민의 격조로 격언과 낙서들을 바라보면서/불편한 친절은 친절한 불편이라 중얼거린다."(「영하의 인사」, 『친애하는 사물들』) 같은 구절들에 도드라진 형세로 나타난 것처럼, 이현승은 "문화시민의 격조"의 뒷면을 타고 흐르는 "육식동물"의 원초적 세계를 골똘한 시선으로 되새기려 한다.

이현승은 세계의 원초적 터전을 이루는 날것으로서의 육체성을 투명하면서도 집요한 현상학적 시선, 곧 판단중지의 태도를 충실하게 이행하면서 불확정 상태의 곤혹을 끈덕진 몸의 리듬으로 견인해내려는 시인이다. 이는 시작(詩作) 초기부터 지금에 이르기까지 시인의 몸 한가운데에 진득하게 들러붙어 있을, 그리하여 생래적 체질이라고밖엔 달리 말할 도리가 없는 그의 고유한 삶의 태도이자 이미지 조각술의 중핵을 이룬다. 이런 체질에서 기원하는 시인의 독특한 예술적 사유와 문양은 "밤사이에 늘어난 환자의 전문지식이/주치의의 처방을 바꾸지는 못할 것이다."(「시인의 말」, 『아이스크림과 늑대』), "진짜 같은,의 핵심은 같은인데/진짜 같은 공포와 피로가/살갗에 제 발자국을 마구 찍는데/진짜는 없고 발자국만 있다."(「시인의 말」, 『친애하는 사물들』) 같은 묵직한 실존적 육성에 이미 주름져 있었다고 보아도 좋다. 그것에는 "주치의의 처방"과 "진짜 같은 공포와 피로"라는 통념적 지식과 그럴싸하게 윤색된 이미지들의 지배 한가운데에 들어박힌 외상적 중핵이자 의미들 속의 무의미일 수밖에 없을 실재의 세계와 공백으로서의 진실을 되찾아오려는 윤리학적 투쟁이 충실하게 깃들어 있기 때문이다.

모나드, 우연, 아이러니

한주에 세번 문상을 하고 나서/죽음이 얼마나 가까운지 깨닫는 일은 공교롭고 새삼스럽다./죽음은 너무나 당연해서 생략 가능한 문장 같지만/생략된 것을 더듬을 때마다 가슴이 눌린다. (「부끄러움을 찾아서 2」부분)

아이들은 그냥 사라지지 않았을 것이다./불행은 보살피던 자의 주의를 빼앗고 발을 묶은 뒤/결정적으로 아이를 가로채며 스스로를 완성했을 것이다./변변한 사진 한장 없다는 사실이 미아들을 웅변한다. (「사라진 얼굴들」부분)

하루 각자의 시간을 보내고 다시 만나기로 한 날/나는 약속 시간에 늦게 되었다. 어쩌면/모든 것이 정해진 궤도 위를 움직이는 우주에서/기다림에 등 떠밀려 그가 다시 우주로 향하는 사이/나는 약속 시간에 늦기 위해 헐레벌떡 뛰어오고 있었던 것이다. (「먼지는 외롭다」 부분)

"죽음은 너무나 당연해서 생략 가능한 문장 같지만/생략된 것을 더듬을 때마다 가슴이 눌린다."라는 구절이 표상하는 것처럼, 시인은 "너무나 당연해서 생략 가능한" 모든 것을 그대로 받아들이지 않는다. 도리어 "생략된 것"의 뒷면에 켜켜이 잠겨 있을 다른 진실들을 찾아내어 함께 앓고자 한다. 특히 "가슴이 눌린다"는 이미지는 저 진실들이 황폐하고 참혹할 수밖에 없을 것이라는 둔중한 깨달음을 제 뒷면에서 풍겨낸다. 그런가 하면 "불행은 보살피던 자의 주의를 빼앗고 발을 묶은 뒤/결정적으로 아이를 가로채며 스스로를 완성했을 것이다."라는 구절은 세계에서 일어나는 무수한 사건들을 향한 시인의 애달픈 숨결과 안타까운 마음씨를 넌지시 일러준다.

시인은 자신에게 이렇게 묻는 셈이다. 과연 저 "불행"은 "미아들" 각각의 모나드(monad)에 이미 휘감겨 있었던 어떤 술어들인가? 그리고 그것은 어느 누구도 어찌할 수 없는 운명선에서 휘날려 오는가? "스스로를 완성했을 것이다"라는 작은 무늬는, 거스를 수 없는 숙명의 덫이자 필연의 사슬처럼 느끼고 있을 것이라는 사실을 웅변해주는 것만 같다. 「먼지는 외롭다」는 현대 세계의 나날의 일과표 가운데 한 부면을 이루는 "약속 시간", 그 사소하고 빈번한 사건을 마치 우주론적 필연성을 품은 장면처럼 과장되게 묘사하여 우리들에게 잔잔한 유머의 쾌감을 선사한다. 그러나 저 유머의 한복판에는 격렬한 침묵으로 응집된 비장한 운명론이 감춰져 있다. 특히 "모든 것이 정해진 궤도 위를 움직이는 우주에서"라는 구절에 스민 예정설의 감각은 모나드의 필연성의 왕국만을 신봉하는 운명론자의 징표처럼 보인다.

　결과의 자리에 가서 보면 모든 것이 너무나 분명하다./올챙이는 개구리가, 애벌레는 나비가,/씨앗은 나무가 될 수밖에 없었던 것이다./우리는 의심범이 아니라 확신범이 되고 싶다.//우리는 갑자기 발생한다./뭐였더라 뭐였더라/잘 기억나지 않는 단어처럼 희박하다가/강물로 섞여드는 빗물처럼 희미하다가 (「자기공명조영술」 부분)

　도로와 함께 내려앉은 차량의 탑승자도/별일 없이 이 구덩이를 통과할 생각이었을 것이다./응 지금 거의 도착했어 어쩌면 휴대전화로/오분 뒤의 도착을 알리는 중이었을지도 모른다./지갑을 놓고 와 되돌아가는 짜증스러운 오분 탓에/누군가는 덧없이 덫을 피해갔는지도. (「씽크홀」 부분)

시인에게 운명론자의 체취와 흔적은 지극히 당연한 것처럼 보인다. "결과의 자리에 가서 보면 모든 것이 너무나 분명하다./올챙이는 개구리가, 애벌레는 나비가,/씨앗은 나무가 될 수밖에 없었던 것이다." 같은 이미지는 그의 사유가 모나드의 필연성을 수긍하는 자리에서 움튼다는 것을 더욱 명징한 윤곽으로 보여준다. 그러나 또한, "우리는 갑자기 발생한다."는 그가 저 필연성의 왕국에 자신의 운명을 내맡기지 않을뿐더러 수동적 허무주의자의 체념이나 무기력에서도 멀찌감치 물러나 있다는 것을 우회적으로 표상한다. "뭐였더라 뭐였더라/잘 기억나지 않는 단어처럼 희박하다가/강물로 섞여드는 빗물처럼 희미하다가"라는 구절 역시 우리 의식 바깥에 가로놓인 숱한 진실들을 그가 바닥까지 들춰보려 할 뿐만 아니라, 그것에 의해 "갑자기 발생"하는 우발성의 세계를 늘 염두에 두고 있다는 사실을 암시한다. "지갑을 놓고 와 되돌아가는 짜증스러운 오분 탓에/누군가는 덧없이 덫을 피해갔는지도."라는 문양 또한 인간의 유한한 시선과 지혜로는 결코 알아챌 수 없을 세계의 무한정한 신비와 변화무쌍한 사건의 계열들을 표현한다.

그렇다면 이현승의 운명론적 사유가 이번 시집의 마디마디 모서리들을 가로지르면서 이미지들의 성좌를 짜고 얽는 예술적 방법론의 중핵으로 들어박힐 수밖에 없었던 것은 어떤 이유에서일까? 아니, 다시 이렇게 물어야만 한다. 그가 시의 거죽을 운명론적 지력선과 필연성의 편린들로 날인하면서도 그 뒷면에서 자유의지와 우연성의 뉘앙스가 은은하게 배어나도록 빚어낸 것은 어떤 까닭에서일까? 이에 대한 답변을 찾아내는 과정은 이현승 시의 비밀을 풀어내는 것과 같은 맥락을 이루겠지만, 그의 대부분의 시편들이 저렇듯 겉과 속이 어긋난 이미지들을 빚어낼 수밖에 없는 것은, 그의 태생적 체질일 수밖에 없을 현상학적 시선이나 아이러니의 감각과 깊은 연관을 맺고 있는 것처럼 보인다.

내일은 내가 웃고 네가 기도하더라도 달라지는 것은 없겠지만/울다 잠든 아이가 웃으며 잠꼬대를 할 때,/배 속은 텅 빈 냉장고 불빛처럼 허기지고/우리는 아플 때 더 분명하게 존재하는 경향이 있다./아프게 구부러지는 기도처럼, 빛이 휜다. (「빗방울의 입장에서 생각하기」 부분)

우리를 쓰러뜨린 것은 우리 자신이 아니었는가./누구든 다 이해받을 수 없다는 것을 이해하자.//다만 우리는 조금씩 비껴 서 있고/부분적으로만 연루되어 있으며/시작하기엔 이미 늦었지만/아직 포기하기엔 이르다. (「에고이스트」 부분)

한글 공부를 시작했다./삼인 가족인 할머니네는 인생의 대부분을 따로 있고/게다가 모두 만학도에 독방 차지다./하지만 깨칠 때까지 배우는 것이 삶이다./아들과 남편에게 편지를 쓸 계획이다.//나이 육십에 그런 건 배워 뭐에 쓰려고 그러느냐고 묻자/꿈조차 없다면 너무 가난한 것 같다고/지그시 웃는다. 할머니의 그 말을/절망조차 없다면 삶이 너무 초라한 것 같다로 듣는다. (「이것도 없으면 너무 가난하다는 말」 부분)

시집 곳곳에서 추려낸 위의 이미지들은 시인이 품은 아이러니의 감각과 세계의 복잡 미묘한 중층구조들을 빠짐없이 응시하려는 시인의 실존적 기투를 비교적 상세하게 보여준다. 시인은 급변하는 일상사의 여러 국면들이 운명처럼 주어진 제 생활의 구조를 바꾸지는 못하리라는 것을 너무나도 잘 안다. "내일은 내가 웃고 네가 기도하더라도 달라지는 것은 없겠지만"에 깃든 깊고 깊은 절망의 그림자가 그러하다. 그럼에도 시인은 "울다 잠든 아이가 웃으며 잠꼬대를" 하는 장면에서 슬픔과 기쁨, 궁핍과 희망, "허기"와 "기도"를 동시에 느낀다. 이러한 양가감정 상태는 비단 의식과 무의식의 상호 교차에서 발생하는 것으로 설명되는 어떤 심리 현상만을 뜻하지 않는다. 오히려 "우리는 아플 때 더 분명하게 존재하는 경향이 있다./아프게 구부러지는 기도처럼, 빛이 휜다."는 탁월한 이미지처럼, 제 힘겨운 생활상과 눅진한 절망감에도 지극한 성심으로 구원의 "빛"을 찾아내려는 투지를 불태우고 있다는 것을 소리 없이 일러준다. 나아가 시인이 제 스스로를 신성한 "빛"으로 드높이려는 필사적인 윤리학적 모험을 감행하고 있다는 사실을 반증한다. 이같은 투지와 모험은 시인의 고유한 음색으로 에둘러진 잠언체의 문장들을 낳는다. 예컨대 "다만 우리는 조금씩 비껴 서 있고/부분적으로만 연루되어 있으며/시작하기엔 이미 늦었지만/아직 포기하기엔 이르다." 같은 문장이 그러하다. 이 문장은 여러 차원의 아이러니가 교차하는 절망의 겹주름을 뚫고 나와 더 나은 삶을 향한 투지를 감성적으로 북돋울뿐더러 시인의 윤리학적 특이성을 축약하는 도상학적 이미지를 완성한다.

「이것도 없으면 너무 가난하다는 말」은 시인이 오랫동안 품어왔을 실천적 태도와 윤리학적 비전을 돋을새김의 필치로 그려낸다. "깨칠 때까지 배우는 것이 삶이다" "꿈조차 없다면 너무 가난한 것 같다고/지그시 웃는다" "절망조차 없다면 삶이 너무 초라한 것 같다" 같은 이미지들은 이 시편에 깃든 아이러니의 윤리학을 축조하는 의미론적 매듭으로 기능한다. 그것은 또한 롤랑 바르뜨가 말했던 풍크툼(punctum)의 화살촉으로 벼려져 우리의 가슴팍을 꿰뚫고 들어와 실용과 경쟁에 찌든 우리들 감성의 중핵을 뒤흔들어놓는다. 물론 시인에게 "꿈"이란 곧 "절망"의 다른 이름에 불과할 뿐이다. 저 비극적 허무감에 시인이 흠씬 젖어들어 있는 것은 지극히 당연한 일이겠지만, 그가 더 나은 삶을 향한 사람들의 원초적 충동에서 알 수 없는 기쁨과 즐거움을 느낀다는 것 또한 부정할 수 없는 사실일 것이다. 그것이 비록 실패와 고통과 절망만을 안겨준다 하더라도 "이것도 없으면 너무 가난하다는 말"을 바보처럼 믿고 있을 것이 틀림없기에.

몸의 정치경제학, 해부학적 사유의 리듬

지금까지 우리가 이야기해온 현상학적 판단중지에 입각한 시인의 완강한 사실적 시선과 윤리학적 비전은 이번 시집에서 조금 다른 문제틀로 진화한다. 그것은 바로 사회의 정치경제학적 압력과 배치와 관계망에 의해 규율되고 통어되는 우리 시대 한국인들의 육체성, 또는 시인 제 자신의 몸의 정치경제학을 섬세한 필치로 탐사하는 것이다. 그것은 지난 시집들에서도 간간이 다루어진 바이기는 하지만, 이번 시집에서는 탁월한 자기고유성을 축조하는 예술적 사유의 중핵으로 자리 잡는다. 이는 결국 시인이 자신의 현재적 삶의 터전을 이루는 무수한 몸의 진실들을 사랑하고 싸우고 노래하려 한다는 것을 적시한다. 또한 이 시집이 불러 일으킬 수밖에 없을 변곡점의 정수이자 그 축도를 표상한 다. 시인의 집중력이 최고도의 광휘를 뿜어내면서 "생활" 이라는 이미지로 집약된 저 몸의 진실들이 눈물겹게 현현 하는 장면을 보라.

참으로 이기지 못할 것은 생활이라는 생각이다./그럭 저럭 살아지고 그럭저럭 살아가면서/우리는 도피 중이 고, 유배 중이고, 망명 중이다./그럼에도 불구하고 더 뭘 해야 한다면//(…)//고독이 수면유도제밖에 안되는 이 삶에서/정말 필요한 건 잠이겠지만/술도 안 마셨는데 해 장국이 필요한 아침처럼 다들/그래서 버스에서 전철에 서 방에서 의자에서 자고 있지만/참으로 모자란 것은 생 활이다. (「생활이라는 생각」부분)

이현승의 이번 시집은 "당신을 위한, 당신에 의한, 바로 당신의 것이었던 모든 열정"(「칸나는 붉다」)이라는 말처럼, 몸을 위한, 몸에 의한, 몸의 것일 수밖에 없을 나날의 삶의 육체성이 어떻게 조직되고 통제되는가를 바닥까지 들여다 보려는 몸의 헌정서이다. 그것은 일상의 먹거리를 "맥도날 드"같은 패스트푸드점의 창가에서 "쪼그라든 엉덩이를 스 탠드의자 깊숙이 박아넣고 앉아" 해결할 수밖에 없는, 그리하여 "새벽 네시의 피로한 거리"를 보면서 "쫓아도 쫓아도 파리떼처럼 엉겨붙는 졸음들"에 둘러싸여 계속적으로 망가져갈 몸에 지나지 않는다. 이렇듯 불구 혹은 장애 상태로까지 내몰린 몸 이미지는 "악업도 선업도 졸음 상태가 되면 뭉개지는 새벽의 얼굴들"(「웰컴 투 맥도날드」)이라는 말로 표상되는, 인간적인 것 너머에서만 가능할 육체의 극단적인 한계 체험을 일컫는다. 그렇다. "악업도 선업도 졸음 상태가 되면 뭉개지는 새벽의 얼굴들"이라는 전율스러운 이미지처럼, "질병"에 가까워진 몸의 기운 앞에서는 "악업도 선업도 졸음 상태"일 수밖에 없다. 저 "뭉개지는 새벽의 얼굴들" 앞에서는, 나아가 "일제히 휘몰아치는 화염이 온몸을 휘젓는" 상태인 "질병을 생각할 때 느낄 수 있는 강렬한 에로스"(「칸나는 붉다」) 앞에서는 "악업"과 "선업"을 판별하려는 몸짓이란 한낱 관념의 유희에 지나지 않는다.

처형을 기다리는 자의 눈빛으로 본다./저기 분노와 절망과 포기와 공포와 열망과 미망과/격정과 순종과 저항과 욕정으로 뜨거워진 불꽃,/교수대 위 목 꺾인 사람이 지린 오줌 같은/어쩔 수 없는 육체. (「덩어리」 부분)

그는 조심성이 너무 많은 나머지/대부분의 순간들을 깨지기 직전으로 감각한다./그의 얼굴은 모든 주의를 미간으로 붙든 채/코를 중심으로 금 가는 중이다./호흡은 간신히 코끝에 매달려 있다.//부주의를 질타당한 표정으로/그는 표지판 옆에서 표지판처럼 서 있다./깨지기 쉬운 물건을 든 사람처럼,/급기야는 깨지기 쉬운 물건을 깬 사람처럼 군다.//막 ㅇ자 한개를 잃어버린 자의사,/ㄱ자를 잃어버린 철학난./깨지기 쉬운 것들은 만세 자세로 서 있다. (「투항」 부분)

어느날 "불 꺼진 골목길"을 걷다가 마주친 푸줏간에 걸린 "덩어리"는 시인에게 제 처참한 몰골을 돌이켜보도록 강요하는 결정적 장면의 한 컷으로 들어박힌다. 그는 일용할 양식일 "정육들"의 "덩어리"를 마치 제 몸뚱이처럼 느낀다. "교수대 위 목 꺾인 사람이 지린 오줌 같은/어쩔 수 없는 육체."라는 단말마의 비명과도 같은 강렬한 이미지가 이를 선명하게 예증한다. 또한 "처형을 기다리는 자의 눈빛으로 본다."는 외마디의 편린은 바로 그 상황이 시인에게 불러일으켰을 실존적 감각의 파동과 절망의 리듬감을 생생하고 또렷하게 울려낸다. 어쩌면 "늘 각성과 졸음이 동시에 육박해"오는 "절박한 삶"을 살아가는 우리 시대 "봉급생활자"(「봉급생활자」) 대부분은 "저기 분노와 절망과 포기와 공포와 열망과 미망과/격정과 순종과 저항과 욕정으로 뜨거워진 불꽃"의 이미지처럼 짐승에 가까운 육체로 길들

여지고 있는지도 모른다. "그의 얼굴은 모든 주의를 미간으로 붙든 채/코를 중심으로 금 가는 중이다./호흡은 간신히 코끝에 매달려 있다."라는 말은 결코 과장의 수사학에서 오지 않는다. 우리는 모두 "막 ㅇ자 한개를 잃어버린 자의사,/ㄱ자를 잃어버린 철학난./깨지기 쉬운 것들은 만세 자세로 서 있"는 그런 불구의 몸을 간직한 채로 사회의 지배 구조에 격렬하게 "투항" 중인지도 모르기 때문이다.

　죽자고 벌인 사투의 끝은 죽음 같았다./있는 힘을 다 뽑아낸 몸은 죽은 거나 다름없었다./뼈마디까지 낱낱이 헤쳐진 몸으로 까맣게 가라앉았다.//(…)//먼바다는 아이들이 가라앉아 아직 시퍼렇고/사람 죽는 소리에 질린 하늘 아래/백일 동안 멍든 얼굴로 누운 그늘을 보면서/생각한다. 용서가 먼저인지 망각이 먼저인지./견디는 것 외에 할 수 있는 것이 없는/견딤에 대해//사람들이 곡기를 끊고 시나브로 제 생을 말리는/이곳은 어디인가./죽은 사람이 떠나지 못하는 세상은 구천 같다./세월은 더 흘릴 눈물도 없는 사람들을 울려서 눈물을 짜낸다./사람이, 역기를 들어 올리는 사람의 얼굴로 간신히. (「고통의 역사」 부분)

「고통의 역사」는 이현승의 이번 시집을 도드라진 형세와 윤곽선으로 치켜세우는 몸의 정치경제학, 달리 말해 "뼈마디까지 낱낱이 헤쳐진 몸"의 무늬들과 더불어 그 해부학적 사유의 리듬으로 빼곡하게 에둘러져 있다. 시인은 최근 출산한 자신의 아내를 "있는 힘을 다 뽑아낸 몸은 죽은 거나 다름없었다"라는 이미지로 묘사한다. 또한 지난해 우리를 비탄과 절망에 빠뜨렸던 세월호 참사에 대해 "먼바다는 아이들이 가라앉아 아직 시퍼렇고/사람 죽는 소리에 질린 하늘 아래"라고 쓴다. 그리고 이 둘을 다시 겹쳐 읽는다. 이 자리에서 우리는 "더 흘릴 눈물도 없는 사람들을 울려서 눈물을 짜"내는 "죽자고 벌인 사투의 끝"에 다다른 "몸"을 정면으로 마주 보게 된다. 그것은 "백일 동안 멍든 얼굴로 누운 그늘을 보면서" "사람들이 곡기를 끊고 시나브로 제 생을 말리는" "죽음"과도 같은 우리네 삶의 황폐한 진실과 마주치도록 강요한다.

그러나 시인은 다시 힘겨운 절망을 토로한다. 그가, 아니 우리가 할 수 있는 일은 고작 "견디는 것 외에 할 수 있는 것이 없는/견딤에 대해"라는 말밖에는 다른 무엇이 없기 때문이다. "고통의 역사"라는 이 시편의 제목처럼, 아이를 낳는 아내의 고통 앞에서, "아이들이 가라앉아 아직 시퍼렇고/사람 죽는 소리에 질린 하늘 아래"에서 우리는 고통을 "견디는 것 외에"는 아무것도 할 수 없었던 왜소한 무능력자들에 불과하기 때문이다. 따라서 "죽은 사람이 떠나지 못하는 세상은 구천 같다."라는 말이 품은 참된 위력은 저 "고통의 역사"를 실제로 겪어본 자의 "몸"에서 온다. 아니, "있는 힘을 다 뽑아낸 몸", 그 충실성의 극한을 치러낸 자만이 얻을 수 있을 고통의 윤리학에서 온다. 고통스럽지 않은 것, 고통이 없는 것은 결코 윤리적일 수 없다는 레비나스의 윤리학적 명제를 이토록 선명하게 드러낸 사례는 한국시의 역사를 훑어보더라도 매우 드물 것이다.

"천국의 아이들", 절망의 끝에서 움터나는 "어떤 암시"

도망갈 곳이 없다

우리는 변화를 갈망했지만/결국 갈망 자체에 안주해버린 것이다./같은 실수를 반복하지 않는 것도 진화라고 생각했다./그러나 천년 전 사람에게서 같은 절망의 내용을 보았을 때의/비참. 천년째의 갈증을 입에 녹인다./전생이 있다면 왜 나는 기도의 순간에만 태어나는 걸까./맞아. 그때도 우리는 이민이나 망명이라는 말을 들었던 것 같다./하지만 고통을 말할 때 빠뜨리지 말아야 할 것은/그것을 즐기는 마음이다./그렇지 않은가 포조? 블라디미르?/우리에겐 낙관 자체가 곧 절망이다./여기를 벗어날 수 없다고 느껴왔지만/새삼스럽게도 언제나 출발점에 있는 것이다.

무소속

더 나은 시급과 연봉으로 건너가고자 했지만/결국 떠돌이였을 뿐./우리는 소속이 없다는 뜻에서만/여전히 자유인이며/불안은 우리의 항상심이 되었다./유연하게 갈아타기하고 싶었지만/믿음이 없는 신앙인처럼/우리는 여기에도 없고 그 어디에도 없으며/구원도 없고 심지어 절망도 없다.

러시앤캐시

우리는 대부 씨스템으로 살았다./끌어 쓸 돈이 얼마간 있다는 건/아직 끝난 것이 아니며/미래란 거기 잠시 있었다. UFO처럼/대부분 믿지 않지만 마치 잠깐 놀라기 위해서만 있다 사라지는 것이었다./그건 또 팔아치울 무언가가 남아 있다는 뜻이지만/순결을 경매하는 여대생처럼/낙관이란 대개 미학적 미숙함과 추상성에서 기인한다./두려움도 그렇다. 신체포기각서라는 말처럼/그것은 물질적이다. 새삼스럽지도 않게./극빈의 번데기를 열고 나온 것은 극악이었다. (「고도를 기다리며」 전문)

첫머리에 솟아오른 "도망갈 곳이 없다"를 보라. 그것은 시인이 치러내고 있을 헐떡이는 삶의 무게와 짓무른 속살을 빠짐없이 휘감고 있는 하나의 주름이다. 우리 시대를 살아오면서 그가 마주친 잔혹한 진실은 "변화"라는 것의 "갈망 자체에 안주해버린" 우리 모두의 패배감과 무기력이다. 그러나 시인은 제 마음 깊숙이 들어앉은 아이러니의 세계관을 통해 가녀리고 희미한 희망의 빛이나마 잡아보려 무던히 애를 쓴다. "같은 실수를 반복하지 않는 것도 진화라고 생각했다" "여기를 벗어날 수 없다고 느껴왔지만/새삼스럽게도 언제나 출발점에 있는 것이다" 같은 문양들은 시인이 간신히 찾아낸 희망의 빛을 제 뒷면에서 침묵처럼 비춘다. 그러나 저 희망의 빛은 "하지만 고통을 말할 때 빠뜨리지 말아야 할 것은/그것을 즐기는 마음이다" "우리에겐 낙관 자체가 곧 절망이다" 같은 상반된 의미와 극단적 긴장이 팽팽하게 맞선 아이러니의 언어들을 낳는다. 이 아이러니는 "낙관"과 "절망"이라는 대립물들의 부정적 종합을 통한 질적 비약을 이룩하지 않는다. 오히려 저 대립물들이 지속적인 투쟁 관계를 이룬다고 보는 부정변증법의 적대적 전체성의 시각에서 오는 것이 분명하다. 이현승의 시편들에서 발전과 성숙이라는 계몽주의의 교양의 이념이나 허울만 그럴듯한 속류 진보주의 담론의 색채가 거의 드러나지 않는 까닭도 여기에 있다.

　2연 첫머리의 "무소속"이라는 외마디 말은 개선될 수 없는 세상과 마주친 자가 뿜어낼 수밖에 없었던 한탄과 체념과 포기의 날 선 징표이다. 그렇다. 이토록 긴 장기불황의 시대, 사회의 구조적 씨스템 차원에서든 나날의 삶의 현장에서든 우리는 "더 나은 시급과 연봉으로 건너가고자 했지만/결국 떠돌이였을 뿐"이라는 절망과 비탄과 궁핍을 체험하고 있을 뿐이다. 그러하기에 "유연하게 갈아타기하고 싶"은 것은 그야말로 "갈망"에 지나지 않는다. 나아가 우리 시대의 삶은 그저 "믿음이 없는 신앙인처럼" 떠돌아다닐 수밖에 없는 필연성의 궤적을 그린다. 따라서 "떠돌이"일 수밖에 없을 시인에게 "러시앤캐시" "우리는 대부 씨스템으로 살았다."라는 말은 실존적 육성 그 자체일 수밖에 없다. 그것은 "우리"로 하여금 그렇게 말할 수밖에 없도록 강제하는 고통의 영매이자 주술적인 희망이라도 붙잡아야만 하는 신음 소리에 가깝다. 그럼에도 시인은 다시 이렇게 말한다. "끌어 쓸 돈이 얼마간 있다는 건/아직 끝난 것이 아니며/미래란 거기 잠시 있었다."라고. 더 나아가 "UFO처럼" 저 "미래"란 "대부분 믿지 않지만 마치 잠깐 놀라기 위해서만 있다 사라지는 것"에 지나지 않으며, "낙관"이란 "순결을 경매하는 여대생처럼" "대개 미학적 미숙함과 추상성에서 기인"하는 것이라고.

시인은 제 삶의 곤궁과 불안과 헐떡임에서 자신의 일그러진 얼굴과 처연한 마음결만을 바라보지 않는다. 오히려 알랭 바디우가 말했던 인간-동물, 곧 "극빈의 번데기를 열고 나온" "극악"으로 찌든 우리 모두의 얼굴을 바닥까지 들여다보고자 한다. 그는 우리 시대 만인들의 몸에서 독버섯처럼 자라나고 있는 동물적 생존 본능과 경쟁심과 호승심이라는 괴물들을 읽어내고 있는 셈이다. 또한 실용의 이름으로 덧칠해진 우리 시대 감성의 패러다임을 근본적으로 뒤바꾸기 위해 다른 삶-정치의 실천을 명시적으로 강제했던 2000년대 '정치시'의 입론을 충실하게 이행하고 있는 것이 분명하다. 이는 우리 시대 청춘들의 서글픈 세태와 너절한 감성의 한복판을 꿰뚫는 "두려움도 그렇다. 신체포기각서라는 말처럼/그것은 물질적이다. 새삼스럽지도 않게./극빈의 번데기를 열고 나온 것은 극악이었다."는 끄트머리의 문양들에 깊숙하게 아로새겨져 있다.

이현승의 이번 시집 『생활이라는 생각』의 거죽에서 우리가 목도하게 되는 것은 "극빈의 번데기를 열고 나온" "극악"이라는 절망의 극점에 다다른 황폐한 "얼굴들"일 것이다. 그러나 그는 저 "얼굴들"을 마냥 풍자적이고 비관적인 시선에서만 바라보지 않는다. 오히려 "피차 빤하고 짠하기만 하는 삶,/미친 여자가 꽃으로 자기를 꾸미는 것이/나에게는 어떤 암시처럼 보인다."(「코뿔소」)라는 말처럼, 저 "극빈"과 "극악"에서, 아니 "순결을 경매하는 여대생"이나 "신체포기각서"라는 소름 끼치는 우리 시대의 참혹한 사실들에 끝없이 절망하면서도 더 나은 삶을 향한 우리들의 본원적인 충동을 "어떤 암시처럼" 간직하고자 한다. 그것이 비록 "선망이란 언제나 현실의 반대편을 가리키는 나침반이라서/욕망이란 가질 수 없는 것을 향해 자라나는 손가락이라서/밤마다 이가 자라는 쥐처럼/손끝이 가렵다./가려워서 부끄럽다."(「일생일대의 상상」)는 환멸과 수치심만을 조장한다 할지라도.

"십일년 전에 나는 결혼했고/그때는 네 아이 같은 것은 상상도 못했다./결혼이란 그러므로 상상도 할 수 없는 일들의 시작이다."(「기념일들」)라는 구절은 시인이 당면한 "이기지 못할 것"이자 "참으로 모자란 것"인 "생활", 바로 그 혼곤한 육체성을 증언해준다. 그러나 저토록 지독하게 고단할 수밖에 없을 제 몸의 한계치를 매일같이 체험하면서도, 그는 엄청난 업무량과 작업량을 무리 없이 소화해내는 거의 초인에 가까운 체력과 성실한 재능을 마음껏 발휘한다. "손안에 쥐고 있는 얼음처럼/차가움에서 시작해 뜨거움으로 가는 악수./내 손은 두개뿐이지만/여러개의 손을 잡고 있다."(「저글링」)라는 말이나, "참새들은 내게 맡겨라./참새들이 허수아비를 보고 놀라기는커녕/공들인 옷에 똥칠이나 한다고 비웃지 마라./허수아비 어깨와 팔에서 쉬도록 하여/참새들을 편안함으로 가두는 것도 넓게 보면 큰 이문이다."(「허수아비 디자이너」) 같은 구절들에서 암시되는 고단한 긍정성과 그래서 더욱 처연한 유머 감각은 그의 태생적인

공감의 능력과 감동의 마음씨, 우정과 사랑의 기쁨을 충만하게 누릴 수 있는 축복된 기질에서 기원하는 것이 틀림없다. 그러하기에 그는 타고난 시인일 수밖에 없다. 그리고 언제나, 여전히 "천국의 아이들"로 살아가게 될 것이 자명하다. "하긴 아픈 사람만 봐도 같이 아픈 곳이 천국일 테지"라는 저 엄청난 비관적 긍정성을 그 누가 흉내라도 낼 수 있겠는가.

　　요즘은 아무도 시를 읽으면서 울지 않고 격앙되지도 않는데
　　아무도 안 보는 시를 명을 줄여가면서 쓰고,
　　조금 웃고, 조금 끄덕이고, 들렸다 가라앉았다 하면서

　　뚫어지게 보고 있는 사람은 역시 쓰는 사람이다.
　　여기 통증은 조금 안다는 사람들은 다 모였는데
　　봉인된 저 상자는 누가 무엇으로 열었는가.
　　하긴 아픈 사람만 봐도 같이 아픈 곳이 천국일 테지.
　　　　　　　　　　　　　　　——「천국의 아이들 2」 부분

李燦 | 문학평론가

할머니는 문맹이었다. 그런데도 남다른 총기가 있어서 뭐든 잊는 법이 없었다. 아무개를 언제 어디에서 만나기로 했는지, 누구에게 얼마를 빌려주었는지 소상히 기억했다. 글자도 모르는데 어떻게 그런 걸 다 기억하느냐는 물음에 할머니는 낯을 붉히며 답을 피하곤 했다.

할머니의 신통방통한 기억력을 두고 삼촌들은 틀림없이 할머니만의 글자가 있을 거라고 추측했다. 할머니가 돌아가신 뒤에 방 자리 밑과 서랍 속에서 잘게 부러진 성냥개비나 그걸 닮은 그림이 나왔다. 요령부득의 성냥개비 앞에서 우리는 그게 할머니식의 글자일 거라고 추측했다.

할머니는 문맹이었지만, 모든 것을 아는 분이었다. 숫자를 모르지만 수를 알고 셈했으며, 글자를 모르지만 말을 알았고 마음을 읽었다. 성냥개비의 말 앞에서는 할머니가 아니라 우리가 문맹이었다.

사람의 말 속에는 어쩔 수 없이 그 사람이 담긴다. 그 사람의 모든 것이 그 사람 안으로 담기고, 그 사람의 모든 것에는 그 사람이 담긴다. 그 사람의 모든 것이어서 캄캄한 저 부러진 성냥개비의 말들.

사람이 돌아가면 그곳은 땅속이고, 바람 속이라고 믿는다. 바람결에서, 땅에서 솟은 나무의 잎맥 속에서, 다시 화답하는 구름들의 몸짓에서, 아이들의 웃음 속에서, 그렇게 되풀이된다고 믿는다.

2015년 9월
이현승

창비시선 392

생활이라는 생각

초판 1쇄 발행 / 2015년 9월 25일
초판 7쇄 발행 / 2023년 5월 17일

지은이 / 이현승
펴낸이 / 강일우
책임편집 / 박준
펴낸곳 / (주)창비
등록 / 1986년 8월 5일 제85호
주소 / 10881 경기도 파주시 회동길 184
전화 / 031-955-3333
팩시밀리 / 영업 031-955-3399 편집 031-955-3400
홈페이지 / www.changbi.com
전자우편 / lit@changbi.com

ⓒ 이현승 2015
ISBN 978-89-364-2392-6 03810